MIXTE
Papier issu de
sources responsables
FSC® C022030

© 2006, Éditions NATHAN (Paris, France), pour la première édition
© 2015, Éditions NATHAN, SEJER, 25 avenue Pierre-de-Coubertin, 75013 Paris, pour la présente édition
Loi n°49-956 du 16 juillet 1949 sur les publications destinées à la jeunesse,
modifiée par la loi n° 2011-525 du 17 mai 2011.
ISBN : 978-2-09-255696-2
N° éditeur : 10208205 – Dépôt légal : mars 2015
Achevé d'imprimer en février 2015 par Pollina (85400 Luçon, France) - L70949C

D'après un conte de Grimm
Illustré par Dankerleroux

Les Musiciens de la ville de Brême

ʌʌʌNathan

$\mathcal{U}$n homme avait un âne qui, depuis des années, transportait les sacs de farine au moulin.

Mais l'animal était maintenant si fatigué qu'il n'arrivait plus à faire son travail. Son maître songea alors à s'en débarrasser. Comprennant l'intention de son propriétaire, l'âne s'enfuit et prit la route de Brême. Là-bas, se disait-il, il pourrait devenir musicien de la ville.

Peu après son départ, il rencontra un chien de chasse couché sur la route qui respirait comme quelqu'un hors d'haleine. L'âne lui demanda :

– Eh bien, pourquoi souffles-tu ainsi ?

– Ah ! dit le chien, c'est que je suis vieux… Comme je ne peux plus aller à la chasse, mon maître a voulu me battre à mort et je me suis enfui. Mais comment vais-je gagner ma vie ?

– Écoute, dit l'âne, je vais à Brême. Là-bas je serai musicien de la ville. Viens avec moi et, toi aussi, laisse-toi tenter par la musique. Je jouerai du luth et tu battras de la timbale.

Le chien y consentit et ils reprirent la route.

Un peu plus loin, un chat était assis au bord du chemin, l'air triste.

— Qu'est-ce qui te contrarie ? dit l'âne.

— Mes dents s'usent et comme j'aime mieux m'asseoir auprès du poêle à ronronner plutôt que de faire la chasse aux souris, ma maîtresse a voulu me noyer. J'ai pu filer à temps, mais où aller, maintenant ?

— Viens avec nous, à Brême, tu pourras devenir musicien de la ville, comme nous.

Le chat partit avec eux.

Là-dessus, les trois fugitifs passèrent devant une ferme. Le coq du poulailler était perché sur le portail et il criait de toutes ses forces.

– Tes cris nous transpercent jusqu'à la mœlle, dit l'âne. Qu'as-tu donc?

– Demain, il y aura des invités, et la maîtresse du logis a décidé qu'elle voulait me manger au potage, expliqua le coq. Alors, je crie à tue-tête et je le ferai aussi longtemps que je le pourrai.

– Allons donc, dit l'âne, tu ferais mieux de partir avec nous, nous allons à Brême, ce sera toujours mieux que de finir à la casserole. Tu as une belle voix, et quand nous ferons tous ensemble de la musique, ça sera très joli.

Le coq accepta la proposition et ils s'en allèrent
tous les quatre.

Le soir, ils arrivèrent dans une forêt où ils
décidèrent de passer la nuit. L'âne et le chien se
couchèrent sous un gros arbre, le chat et le coq
s'installèrent dans les branches.

Soudain, le coq apperçut une lueur dans le
lointain. Il en fit part à ses compères, et l'âne dit :

— Levons-nous et poursuivons notre route.
Nous sommes trop mal installés, ici.

— Et je commence à avoir faim, ajouta le chien.

Alors ils marchèrent en direction de la
lumière. Ils la virent briller et grandir de plus en
plus jusqu'à arriver à un repaire de voleurs tout
illuminé.

L'âne s'approcha de la fenêtre, jeta un coup d'œil à l'intérieur, et dit :

— Je vois une table couverte de mets succulents, des voleurs sont assis autour et se donnent du bon temps.

— Oh ! si seulement il y en avait un peu pour nous ! dit le coq.

Alors les animaux tinrent conseil pour savoir comment chasser les voleurs.

Enfin, ils trouvèrent un moyen.

L'âne devrait poser les pieds de devant sur le rebord de la fenêtre, le chien sauterait sur son dos, le chat grimperait sur le chien et, pour finir, le coq s'envolerait au sommet et se poserait sur la tête du chat.

Quand ce fut terminé, ils commencèrent à faire leur musique, si vivement que les vitres en tremblèrent. L'âne se mit à braire, le chien aboya, le chat miaula, le coq chanta. Puis ils se précipitèrent dans la pièce à travers la fenêtre.

À ce vacarme, les brigands crurent qu'un monstre venait d'entrer et s'enfuirent, épouvantés.

Alors les quatre compagnons se mirent à table, et dévorèrent autant qu'ils purent.

Quand ils eurent fini, ils se cherchèrent une place pour dormir, et ils éteignirent la lumière. L'âne se coucha sur le fumier, le chien, devant la porte, le chat se mit au coin du feu sur la cendre chaude, et le coq se percha sur la poutre ; ils s'endormirent sans tarder.

À minuit passé, les voleurs virent de loin qu'il n'y avait plus de lumière dans la maison. Alors le capitaine ordonna à l'un d'entre eux d'aller explorer la maison.

Le guetteur trouva tout silencieux, il alla dans la cuisine pour faire de la lumière. Mais il prit les yeux étincelants du chat pour des chardons ardents et y enfonça une allumette afin de faire partir le feu. Le chat n'apprécia guère, il lui sauta au visage, cracha et le griffa. Le voleur s'enfuit par la porte de derrière. Mais le chien, qui était couché là, bondit et lui mordit la jambe. Puis, l'âne lui décocha encore un bon coup avec sa patte arrière. Le coq, réveillé par ce chahut, s'écria de son perchoir : «Cocorico!»

Le voleur courut à toutes jambes rejoindre son capitaine et dit :

– Ah ! Dans la maison, il y a une affreuse sorcière qui a soufflé sur moi et m'a griffé le visage avec ses doigts crochus. Devant la porte, il y a un homme avec un couteau et il me l'a planté dans la jambe ; il y a aussi un monstre tout noir qui m'a asséné des coups de bâtons, et là-haut, sur le toit, se trouve le juge qui a crié : « Qu'on amène ici ce coquin ! »

Dès lors, les voleurs n'osèrent plus retourner dans la maison. Les quatre musiciens, eux, s'y trouvèrent si bien qu'ils ne voulurent plus jamais en sortir.

Regarde bien ces images de l'histoire.
Elles sont toutes mélangées.

Amuse-toi à les remettre dans l'ordre.